前　言

兰州大学始建于1909年，其前身是清末新政期间设立于金城兰州萃英门的甘肃法政学堂。历经一百一十年的发展，兰州大学已成为教育部直属的全国重点综合性大学、国家“985工程”和“211工程”重点建设高校、国家“双一流”建设A类高校。

1946年国立兰州大学植物学系的创立，新中国成立后生物系植物学专业的建立和植物园的建设，培养了大批植物学领域人才，尤其为我国植物系统分类学的发展做出了不小贡献。如获2009年度国家自然科学一等奖的巨著《中国植物志》，就有张鹏云、彭泽祥、傅竞秋、张耀甲、李沛琼、于兆英、刘尚武、马成功、潘锦堂、徐朗然、周立华、廉永善、王中仁、张丽兵等数十位兰大师生参与撰写。值得一提的是，与菊科风毛菊属 (*Saussurea*) 近缘的一个新属尚武菊属 (*Shangwua*)，是我校教师为纪念长期在青藏高原植物分类和区系研究中做出突出贡献、1958年毕业于兰州大学植物学专业的刘尚武研究员而命名的，真实再现了生命科学学院“秉德维新，务本求真”的院训。

建校百十年来，兰州大学校园面积不断扩大，校园植物种类不断丰富，见证了这座百年学府的

图书在版编目（CIP）数据

萃英百草图 / 冯虎元等编著. -- 兰州 : 兰州大学出版社，2019.7
ISBN 978-7-311-05629-2

Ⅰ. ①萃… Ⅱ. ①冯… Ⅲ. ①兰州大学—植物—图集 Ⅳ. ①Q948.524.21-64

中国版本图书馆CIP数据核字(2019)第150162号

策划编辑 梁建萍
责任编辑 梁建萍
封面设计 王 挺

书　　名 萃英百草图
作　　者 冯虎元 潘建斌 李波卡 安黎哲 编著
出版发行 兰州大学出版社
(地址:兰州市天水南路222号 730000)
电　　话 0931-8912613(总编办公室)
0931-8617156(营销中心)
0931-8914298(读者服务部)
网　　址 http://press.lzu.edu.cn
电子信箱 press@lzu.edu.cn
印　　刷 成都市金雅迪彩色印刷有限公司
开　　本 787 mm×1092 mm 1/32
印　　张 1
字　　数 10千
版　　次 2019年7月第1版
印　　次 2019年7月第1次印刷
书　　号 ISBN 978-7-311-05629-2
定　　价 38.00元

大丽花　Garden Dahlia
Dahlia pinnata

两色金鸡菊　Plains Coreopsis
Coreopsis tinctoria

秋英　Common Cosmos
Cosmos bipinnatus

串叶松香草　Cup Plant
Silphium perfoliatum

菊芋　Jerusalem Artichoke
Helianthus tuberosus

百日菊　Common Zinnia
Zinnia elegans

香荚蒾　Farrer's Viburnum
Viburnum farreri

红王子锦带花　Red Prince Weigela
Weigela florida 'Red Prince'

忍冬　Japanese Honeysuckle
Lonicera japonica

金银忍冬　Amur Honeysuckle
Lonicera maackii

历史变迁。1960年初移植于城关校区中心喷泉的紫藤（*Wisteria sinensis*），1981年移植于城关校区大门口的三棵雪松（*Cedrus deodara*），60年代栽植于医学校区仲景路上的二球悬铃木（*Platanus*× *hispanica*），已经成为很多兰大人心中共有的记忆。校园绿化队、植物园以及榆中校区植物种资源库引种栽培了不少异地植物，大大提高了校园植物的多样性。这些植物既营造了优良的校园环境，也为我校培养生命科学人才提供了不可或缺的教学资源。为了了解校园植物的习性、特点，发挥它们的最大效益，满足教学科研和实验教材的需要，2016年我们编撰了《萃英草木》，得到广大师生及业内人士肯定。在母校百十周年校庆之际，我们编著了这本《萃英百草图》，共收录兰州大学校园常见植物260种，是《萃英草木》的精华版。

图谱编辑中，诸多师友贡献了自己的智慧，限于篇幅，不再一一致谢。本书的野外工作得到国家标本平台教学标本子平台（2005DKA21403-JK）和中国大学校园植物网联盟的资助，出版经费来自“兰州大学教材建设基金”和“国家基础学科人才培养基金”。

限于编者水平，书中错误及疏漏之处在所难免，敬请专家和读者批评指正。

编 者

2019年7月

目　录

多色苦荬　Chinese Ixeris
Ixeris chinensis subsp. *versicolor*

尖裂假还阳参 Sowthistle-leaf Ixeris
Crepidiastrum sonchifolium

款冬　Coltsfoot
Tussilago farfara

金盏花　Potmarigold Calendula
Calendula officinalis

翠菊　China Aster
Callistephus chinensis

阿尔泰狗娃花　Altai Heteropappus
Aster altaicus

灌木亚菊　Shrubby Ajania
Ajania fruticulosa

旋覆花　Japanese Inula
Inula japonica

蓼子朴　Salsola-like Inula
Inula salsoloides

天人菊　Rosering Gaillardia
Gaillardia pulchella

缢苞麻花头　Contracted Sawwort
Klasea centauroides subsp. *strangulata*

顶羽菊　Creeping Acroptilon
Rhaponticum repens

婆罗门参　Jack-go-to-bed-at-noon
Tragopogon pratensis

菊苣　Common Chicory
Cichorium intybus

乳苣　Common Mulgedium
Lactuca tatarica

苦苣菜　Common Sowthistle
Sonchus oleraceus

花叶滇苦菜　Spiny Sowthistle
Sonchus asper

苣荬菜　Sonchus Brachyotus
Sonchus wightianus

日本毛连菜　Japanese Oxtongue
Picris japonica

蒲公英　Mongolian Dandelion
Taraxacum mongolicum

蒙古芯芭　Mongolian Cymbaria
Cymbaria mongolica

角蒿　Chinese Hornsage
Incarvillea sinensis

黄花角蒿　Yellowflower Hornsage
Incarvillea sinensis var. *przewalskii*

梓　Chinese Catalpa
Catalpa ovata

灰楸　Farges Catalpa
Catalpa fargesii

长柱沙参　Longstyle Ladybell
Adenophora stenanthina

刺疙瘩　Tangut Olgaea
Olgaea tangutica

西北风毛菊　Petrov Saw-wort
Saussurea petrovii

牛蒡　Greater Burdock
Arctium lappa

丝毛飞廉　Curly Bristle Thistle
Carduus crispus

互叶醉鱼草 Fountain Butterfly Bush

Buddleja alternifolia

柳叶马鞭草 Purpletop Vervain

Verbena bonariensis

金叶莸 Bluebeard 'Worcester Gold'

Caryopteris clandonensis 'Worcester Gold'

白花枝子花 White Dragonhead

Dracocephalum heterophyllum

甘露子 Chinese Artichoke

Stachys sieboldii

细叶益母草 Siberian Motherwort

Leonurus sibiricus

夏至草 Lagopsis

Lagopsis supina

宝盖草 Henbit Deadnettle

Lamium amplexicaule

通泉草 Japanese Mazus

Mazus pumilus

毛泡桐 Royal Paulownia

Paulownia tomentosa

银杏　Ginkgo
Ginkgo biloba

油松　Chinese Pine
Pinus tabuliformis

青海云杉　Thickleaf Spruce
Picea crassifolia

雪松　Himalayan Cedar
Cedrus deodara

华北落叶松　Prince Rupprecht's Larch
Larix gmelinii var. *principis-rupprechtii*

圆柏　Chinese Juniper
Juniperus chinensis

玉兰　Yulan Magnolia
Yulania denudata

二乔玉兰　Saucer Magnolia
Yulania × soulangeana

马蔺　Chinese Iris
Iris lactea

粗根鸢尾　Thickroot Iris
Iris tigridia

鸢尾 Roof Iris
Iris tectorum

德国鸢尾 German Iris
Iris germanica

萱草 Orange Daylily
Hemerocallis fulva

黄花菜 Citron Daylily
Hemerocallis citrina

青甘韭 Przewalski Onion
Allium przewalskianum

凤尾丝兰 Spanish Dagger
Yucca gloriosa

紫萼 Blue Plantain Lily
Hosta ventricosa

紫露草 Ohio Spiderwort
Tradescantia ohiensis

长芒草 Bunge Needlegrass
Stipa bungeana

冰草 Crested Wheatgrass
Agropyron cristatum

龙葵　Black Nightshade

Solanum nigrum

青杞　Seven-lobed Nightshade

Solanum septemlobum

连翘　Weeping Forsythia

Forsythia suspensa

迎春花　Winter Jasmine

Jasminum nudiflorum

紫丁香　Early Lilac

Syringa oblata

华丁香　Cut-leaf Lilac

Syringa protolaciniata

暴马丁香　Amur Lilac

Syringa reticulata subsp. *amurensis*

小叶女贞　Purpus Privet

Ligustrum quihoui

美国红梣　Green Ash

Fraxinus pennsylvanica

阿拉伯婆婆纳　Persian Speedwell

Veronica persica

南方菟丝子　Southern Dodder
Cuscuta australis

银灰旋花　Silvery-grey Glorybind
Convolvulus ammannii

田旋花　Field Bindweed
Convolvulus arvensis

打碗花　Ivy Glorybind
Calystegia hederacea

圆叶牵牛　Roundleaf Morning Glory
Ipomoea purpurea

宁夏枸杞　Matrimony Vine
Lycium barbarum

枸杞　Chinese Teaplant
Lycium chinense

天仙子　Black Henbane
Hyoscyamus niger

假酸浆　Apple of Peru
Nicandra physalodes

曼陀罗　Jimsonweed
Datura stramonium

燕麦　Common Oat
Avena sativa

白屈菜　Celandine
Chelidonium majus

角茴香　Hornfennel
Hypecoum erectum

荷包牡丹　Showy Bleeding Heart
Lamprocapnos spectabilis

地丁草　Bunge Corydalis
Corydalis bungeana

紫叶小檗　Red Barberry
Berberis thunbergii 'Atropurpurea'

丝叶唐松草　Foamy Meadowrue
Thalictrum foeniculaceum

甘青侧金盏花　Bobrov Adonis
Adonis bobroviana

甘青铁线莲　Tangut Clematis
Clematis tangutica

黄花铁线莲　Intricate Clematis
Clematis intricata

芹叶铁线莲 Celery-leaf Clematis

Clematis aethusifolia

牡丹 Subshrubby Peony

Paeonia suffruticosa

芍药 Chinese Peony

Paeonia lactiflora

山梅花 Mockorange

Philadelphus incanus

八宝 Garden Stonecrop

Hylotelephium erythrostictum

费菜 Aizoon Stonecrop

Phedimus aizoon

五叶地锦 Virginia Creeper

Parthenocissus quinquefolia

蒺藜 Caltrop

Tribulus terrestris

霸王 Common Beancaper

Zygophyllum xanthoxylon

蝎虎驼蹄瓣 Gecko Beancaper

Zygophyllum mucronatum

达乌里秦艽 Dahuria Gentian
Gentiana dahurica

罗布麻 Indian Hemp
Apocynum venetum

地梢瓜 Bastardtoadflax-like Swallowwort
Cynanchum thesioides

鹅绒藤 Chinese Swallowwort
Cynanchum chinense

聚合草 Common Comfrey
Symphytum officinale

紫筒草 Cliff Stenosolenium
Stenosolenium saxatile

鹤虱 European Stickseed
Lappula myosotis

附地菜 Pedunculate Trigonotis
Trigonotis peduncularis

狭苞斑种草 Kusnezow Spotseed
Bothriospermum kusnezowii

狼紫草 Oriental Lycopsis
Anchusa ovata

盐生草　Saltlover

Halogeton glomeratus

鸡冠花　Common Cockscomb

Celosia cristata

紫茉莉　Marvel of Peru

Mirabilis jalapa

马齿苋　Common Purslane

Portulaca oleracea

山茱萸　Medical Dogwood

Cornus officinalis

红瑞木　Tatarian Dogwood

Cornus alba

凤仙花　Garden Balsam

Impatiens balsamina

君迁子　Dateplum Persimmon

Diospyros lotus

猪殃殃　Tender Catchweed Bedstraw

Galium spurium

鳞叶龙胆　Squarrose-leaved Gentian

Gentiana squarrosa

紫荆 Chinese Redbud

Cercis chinensis

合欢 Silktree

Albizia julibrissin

槐 Japanese Pagodatree

Sophora japonica

披针叶野决明 Lanceleaf Thermopsis

Thermopsis lanceolata

兴安胡枝子 Xing'an Bushclover

Lespedeza davurica

百脉根 Bird's-foot Trefoil

Lotus corniculatus

绣球小冠花 Crown Vetch

Coronilla varia

香花槐 Idaho Locust

Robinia×ambigua 'Idahoensis'

甘草 Ural Licorice

Glycyrrhiza uralensis

紫藤 Chinese Wisteria

Wisteria sinensis

柠条锦鸡儿 Korshinsk Peashrub

Caragana korshinskii

白毛锦鸡儿 Whitehair Peashrub

Caragana licentiana

毛刺锦鸡儿 Hairspine Peashrub

Caragana tibetica

红花岩黄芪 Redflower Sweetvetch

Hedysarum multijugum

驴食草 Common Sainfoin

Onobrychis viciifolia

高山豆 Alpbean

Tibetia himalaica

地角儿苗 Twocolor Crazyweed

Oxytropis bicolor

鳞萼棘豆 Scalecalyx Crazyweed

Oxytropis squammulosa

糙叶黄芪 Coarseleaf Milkvetch

Astragalus scaberrimus

悬垂黄芪 Hang Milkvetch

Astragalus dependens

沙木蓼 Sandy Goatwheat
Atraphaxis bracteata

木藤蓼 Bukhara Fleeceflower
Fallopia aubertii

西伯利亚蓼 Siberian Knotweed
Polygonum sibiricum

萹蓄 Prostrate Knotweed
Polygonum aviculare

酸模叶蓼 Curlytop Knotweed
Polygonum lapathifolium

白玉草 Maiden's Tears
Silene vulgaris

麦瓶草 Cone-like Silene
Silene conoidea

细叶石头花 Smallleaf Baby's-breath
Gypsophila licentiana

石竹 Chinese Pink
Dianthus chinensis

鹅肠菜 Giant Chickweed
Myosoton aquaticum

沼生蔊菜　Bog Yellowcress

Rorippa palustris

播娘蒿　Herb Sophia

Descurainia sophia

小花糖芥　Wormseed Mustard

Erysimum cheiranthoides

独行菜　Pepperweed

Lepidium apetalum

球果群心菜　Spheroidalfruit Cardaria

Cardaria draba subsp. *chalepensis*

短穗柽柳　Shortspike Tamarisk

Tamarix laxa

黄花补血草　Golden Sealavender

Limonium aureum

二色补血草　Twocolor Sealavander

Limonium bicolor

巴天酸模　Patience Dock

Rumex patientia

鸡爪大黄　Claw Rhubarb

Rheum tanguticum

草木樨状黄芪 Sweetclover-like Milkvetch
Astragalus melilotoides

苦马豆 Alkali Swainsonpea
Sphaerophysa salsula

紫苜蓿 Alfalfa
Medicago sativa

花苜蓿 Ruthenian Medic
Medicago ruthenica

天蓝苜蓿 Black Medick
Medicago lupulina

草木樨 Yellow Sweet Clover
Melilotus officinalis

白花草木樨 White Sweet Clover
Melilotus albus

多叶羽扇豆 Garden Lupin
Lupinus polyphyllus

红车轴草 Red Clover
Trifolium pratense

蚕豆 Broad Bean
Vicia faba

大花野豌豆 Bigflower Vetch
Vicia bungei

家山黧豆 Grass Pea
Lathyrus sativus

西伯利亚远志 Sibiria Milkwort
Polygala sibirica

玫瑰 Rugosa Rose
Rosa rugosa

月季花 Chinese Rose
Rosa chinensis

黄刺玫 Yellow Rose
Rosa xanthina

七姊妹 Many-flowered Rose
Rosa multiflora var. *carnea*

等齿委陵菜 Equaltoothed Cinquefoil
Potentilla simulatrix

二裂委陵菜 Bifurcate Cinquefoil
Potentilla bifurca

绢毛匍匐委陵菜 Silky Creeping Cinquefoil
Potentilla reptans var. *sericophylla*

野葵　Cluster Mallow
Malva verticillata

锦葵　High Mallow
Malva cathayensis

圆叶锦葵　The Round-leaved Mallow
Malva pusilla

蜀葵　Hollyhock
Alcea rosea

苘麻　Chingma Abutilon
Abutilon theophrasti

狼毒　Chinese Stellera
Stellera chamaejasme

旱金莲　Nasturtium
Tropaeolum majus

芝麻菜　Rocket Salad
Eruca vesicaria subsp. *sativa*

诸葛菜　Violet Orychophragmus
Orychophragmus violaceus

荠　Shepherd's Purse
Capsella bursa-pastoris

元宝槭 Purpleblow Maple
Acer truncatum

红枫 Redleaf Japanese Maple
Acer palmatum 'Atropurpureum'

建始槭 Henry's Maple
Acer henryi

七叶树 Chinese Buckeye
Aesculus chinensis

复羽叶栾树 Bougainvillea Golden Rain Tree
Koelreuteria bipinnata

臭檀吴萸 Korean Evodia
Tetradium daniellii

臭椿 Tree of Heaven
Ailanthus altissima

香椿 Chinese Mahogany
Toona sinensis

野西瓜苗 Flower of an Hour
Hibiscus trionum

木槿 Rose of Sharon
Hibiscus syriacus

多茎委陵菜 Multicaulis Cinquefoil
Potentilla multicaulis

伏毛山莓草 Adpressedhairy Wildberry
Sibbaldia adpressa

李 Chinese Plum
Prunus salicina

紫叶李 Purple-leaf Plum
Prunus cerasifera 'Pissardii'

大岛樱 Oshima Cherry
Cerasus speciosa

日本晚樱 Japanese Late Cherry
Cerasus serrulata var. *lannesiana*

毛樱桃 Nanking Cherry
Cerasus tomentosa

桃 Peach
Amygdalus persica

红花碧桃 Double Red Flowering Peach
Amygdalus persica 'Rubro-plena'

榆叶梅 Flowering Almond
Amygdalus triloba

杏 Apricot
Armeniaca vulgaris

棣棠花 Japanese Kerria
Kerria japonica

华北珍珠梅 Kirilow False Spiraea
Sorbaria kirilowii

菱叶绣线菊 Vanhoutte Spiraea
Spiraea×vanhouttei

山楂 Chinese Hawthorn
Crataegus pinnatifida

皱皮木瓜 Flowering Quince
Chaenomeles speciosa

山荆子 Siberian Crabapple
Malus baccata

海棠花 Chinese Flowering Crabapple
Malus spectabilis

西府海棠 Midget Crabapple
Malus×micromalus

白梨 Chinese White Pear
Pyrus bretschneideri

鼠掌老鹳草 Siberian Cranesbill
Geranium sibiricum

野老鹳草 Carolina Cranesbill
Geranium carolinianum

芹叶牻牛儿苗 Redstem Filaree
Erodium cicutarium

牻牛儿苗 Common Heron's Bill
Erodium stephanianum

千屈菜 Purple Loosestrife
Lythrum salicaria

紫薇 Common Carpemyrtle
Lagerstroemia indica

小果白刺 Siberian Nitraria
Nitraria sibirica

多裂骆驼蓬 Multifid Peganum
Peganum multisectum

火炬树 Staghorn Sumac
Rhus typhina

文冠果 Shinyleaf Yellowhorn
Xanthoceras sorbifolium

地锦草　Humifuse Spurge
Euphorbia humifusa

泽漆　Madwoman's Milk
Euphorbia helioscopia

胡杨　Euphrates Poplar
Populus euphratica

青杨　Cathay Poplar
Populus cathayana

垂柳　Babylon Willow
Salix babylonica

早开堇菜　Serrate Violet
Viola prionantha

裂叶堇菜　Dissected Violet
Viola dissecta

亚麻　Common Flax
Linum usitatissimum

垂果亚麻　Nutantfruit Flax
Linum nutans

宿根亚麻　Blue Flax
Linum perenne

杜梨　Birchleaf Pear

Pyrus betulifolia

水栒子　Many-flowered Cotoneaster

Cotoneaster multiflorus

中国沙棘　Seabuckthorn

Hippophae rhamnoides subsp. *sinensis*

沙枣　Russian Olive

Elaeagnus angustifolia

大麻　Marijuana

Cannabis sativa

葎草　Japanese Hop

Humulus scandens

枫杨　Chinese Wingnut

Pterocarya stenoptera

胡桃　Persian Walnut

Juglans regia

白杜　Maack Euonymus

Euonymus maackii

酢浆草　Creeping Oxalis

Oxalis corniculata